Le meilleur mom

Texte : Andrée Poulin

À mon frère Jean, joyeux complice dans la rime et dans le rythme.

Illustrations : Philippe Beha

À monsieur Dupont.

imagine

Le meilleur moment pour se réveiller,

c'est quand on a envie de déjeuner.

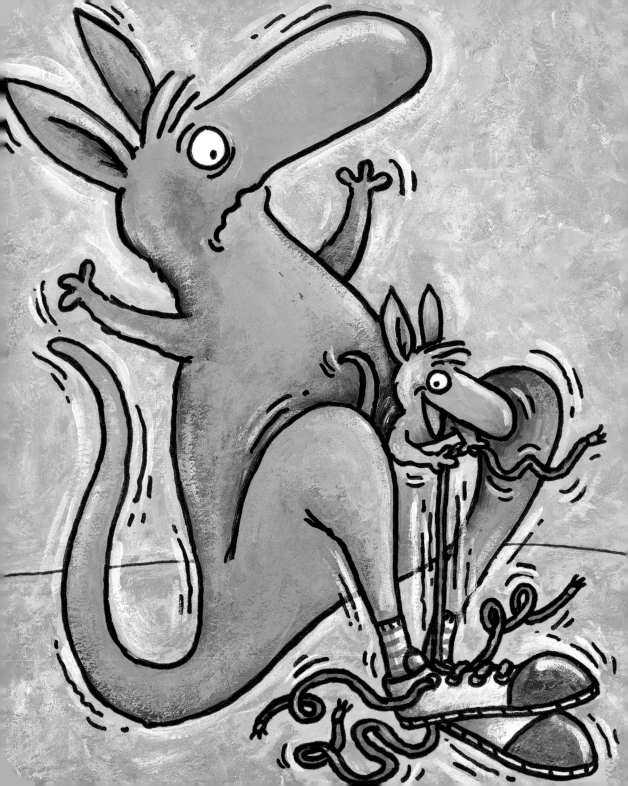

Le meilleur moment pour apprendre à nouer ses lacets,
c'est après avoir trébuché.

Le meilleur moment pour avoir peur,

c'est quand Papa n'est pas loin.

Le meilleur moment pour chanter,
c'est quand on a le cœur léger.

Le meilleur moment pour apprendre à compter,
c'est quand on n'a plus assez de doigts.

Le meilleur moment pour goûter un flocon de neige,
c'est quand il se pose sur le bout de notre nez.

Le meilleur moment pour se brosser les dents,
c'est après une dégustation de bonbons.

Le meilleur moment pour se faire un nouvel ami,
c'est à l'heure de la collation.

Le meilleur moment pour se laver les oreilles,
c'est quand on n'entend plus rien.

Le meilleur moment pour admirer les étoiles,

c'est quand les nuages sont partis en voyage.

Le meilleur moment pour s'endormir,
c'est quand on a les paupières lourdes.

**Catalogage avant publication
de Bibliothèque et Archives Canada**

Poulin, Andrée

Le meilleur moment

(Mes premières histoires)
Pour enfants de 3 à 5 ans.

ISBN 978-2-89608-039-7

I. Béha, Philippe. II. Titre. III. Collection :
Mes premières histoires (Éditions Imagine).

PS8581.O837M44 2007
jC843'.54 C2006-941835-7
PS9581.O387M44 2007

Graphisme : Pierre David

Dépôt légal : 2007
Bibliothèque nationale du Québec
Bibliothèque nationale du Canada

Les éditions Imagine
4446, boul. Saint-Laurent, 7ᵉ étage
Montréal (Québec) H2W 1Z5
Courriel : info@editionsimagine.com
Site Internet : www.editionsimagine.com

Imprimé au Québec
10 9 8 7 6 5 4 3 2 1

Conseil des Arts   Canada Council
du Canada   for the Arts

Nous remercions le Conseil des Arts du Canada
de l'aide accordée à notre programme de publication.

Société
de développement
des entreprises
culturelles

Québec

Gouvernement du Québec – Programme de crédit
d'impôt pour l'édition de livres – Gestion SODEC – Programme
d'aide aux entreprises du livre et de l'édition spécialisée.